ムヒタル・ゴッシュ／ヴァルダン・アイゲクツィ
谷口 伊兵衛訳

中世アルメニア寓話集

溪水社

目次

中世アルメニア寓話集

蜂蜜のひとしずく　A DROP OF HONEY

むかしむかしひとりの農夫が店で蜂蜜を売っていました。たまたま蜂蜜のひとしずくが床にこぼれました。すると、一匹の蜂が飛んできて、その蜂蜜のしずくにとまりました。店主の猫が飛び上がり、その蜂をつかまえたのです。まったく予想外なことに、ある犬がその猫に飛びかかり、かみ殺してしまいました。すると、その店主は犬をぶん殴り、殺してしまいました。ところで、この犬は隣り村からやって来たものでした。犬の持ち主が店主により自分の犬の殺されたことを知るや否や、やって来るなり、この店主を殺しました。そこで、ふたつの村人どうしがお互いに反目して戦争をおっ始めたのです。血腥いこの戦闘から生き残ったのは、両方の村を合わせてたったひとりだけでした。ところで、これもみな元はといえば、蜂蜜のひとしずくが原因で起きたことなのです。

モラル。この世の人びとはみな、このふたつの村びとたちと同じように、蜂蜜のひとしずくのようなつまらぬことで、互いに啀《いが》み合っているのです。

雄牛と馬　THE OX AND THE HORSE

雄牛と馬とが話し合っていました。馬が雄牛に尋ねました、「きみは何者なのだい、誰から求められているのかい？　俺はな、王さま、領主、貴族が金・銀で飾ってくれたり、俺に鞍をつけてたりするんだぞ。」すると雄牛が答えて言うのでした、「俺は国中を繁栄させているんだ。俺は働き、我慢し、そして疲れる。そのときに初めて、きみや、王さまや、その他の人間が、俺の労苦の成果を食べられるんだ。もしも俺が働かなければ、きみもきみの王さまも即死してしまうだろうよ。恩知らずになってはいかんぞよ。」

ヽ、ヽ、モラル　人間でも、雄牛のように働く者もいれば、怠けることを選んで国を荒らす者もいます。労働者が働かなければ、怠け者も滅びることでしょう。

去勢雄牛　THE BULLOCK

去勢雄牛がかっかして地面に角を打ちつけ、角を折ってしまう。でも、角が再び生えてくると、その去勢雄牛は二度と角を折ろうとはしないものです。

雌鳥と飼い主　THE HEN AND ITS OWNER

飼い主に摑まって雌鳥がけたたましくくわっくわっと鳴きたてていました。人びとがその鳴き声を耳にして、詰《なじ》りだしました、「そんなに鳴きたてたってどうにもならぬではないかい？」すると、雌鳥が答えました、「怖いのです。主人はいつも親切心から雌鳥を摑まえるとは限りません。ときには雌鳥の頭を下にしたままずっと持ち続けたり、燃えている石炭の上で正餐の食用に焼いたりすることもあるのです。」

この寓話は持ち主たちのモラルを示しています。彼らは親切であっても、何ら良いことを期待できぬことがよくあるものなのです。

けんか早い男　THE PANTHER

けんか早い男が獲物を追いかけていて、それに追いつけなくて、親方を詰《なじ》りだしました。食べたり、飲んだり、馬に鞍をつけたりするのを止めてしまいました。すると、親方が応じて言うのでした、「おまえのせいだぞ。獲物の追跡をだらけて、骨折りはしなかったのだからな。」

教会と水車　THE CHURCH AND THE WATER-MILL

神聖さを誇りにしている教会が言うのでした、「余は神の家にして神殿だ。聖職者も信者たちも余の中で集い、神に祈ったりミサを行ったりしている。そして、神の慈悲のおかげで、人民の罪は赦されるのだ。」すると、水車が教会に言い返すのでした、「あなたの言われることはみな本当だし、偽りはない。でもわたし自身の奉仕を忘れないでくださいよ。わたしは夜明けからたそがれまで聖職者や人びとが食べるために働き、生産しているのです。その後で彼らはあなたの所にやって来て、神を賛えるだけなのですから。」

モラル　この世には蜂みたいに始終働いたり生産したりしている人びとがいますが、しかし王たち、領主たち、聖職者たちは、人民の労苦の成果を享受してから、教会に出かけて、神を賛えているのです。

樹木と賢人　THE TREES AND THE WISE MAN

賢人が樹木に尋ねました、「これはどういうわけなのかい？　きみらが高く成長するほど、根を深く伸ばすのは？」するとと樹木が答えました、「賢人よ、どうしてそんなことが分からないのですか？　俺たちは根っこをより深く地中に伸ばさないと、こんなに沢山の枝を持ちながら、風に抵抗できはしないでしょうよ。俺たちの仲間のブナの木や大かえでをご覧なさい。彼らは厚い葉っぱがないのに風に抵抗できませんが、それは彼らが根を深く伸ばしていないからなのです。」

心身の本質に分け入ろうとする者は、ひとつのしっかりした根底から出発すべきでしょう。恐ろしい試練に耐えたり、親切な行為を行ったりするためにも。

蟻　THE ANT

蟻は軽快かつ機敏に働きますが、忍耐と我慢のおかげでその仕事を終わらせているのです()

ヤマウズラと猟師　THE PARTRIDGE AND THE HUNTER

ある猟師が一羽のヤマウズラを捕らえて、殺そうとしました。ヤマウズラが泣き声をあげて言うのでした、「どうか生命をお助けください！　沢山のヤマウズラを連れてきてから、降伏しますから。」すると、猟師は答えるのでした、「おまえが同族や血族をも死刑に処してしまいたがっている以上、儂は自分の手でお前を殺すとしよう。」

獅子の毛皮を着たロバ　THE DONKEY IN THE PELT OF A LION

あるロバが獅子の毛皮を付けて獅子の振りをして、牛の群や羊の群を怖し、敗走させることまでしました。ところが恐ろしい一陣の風がわき起こり、獅子の毛皮を吹き飛ばしてしまいました。ロバのぺてんがばれてしまいました。みんながそのロバを嘲り笑いだしました。ロバのくせに、獅子の振りをしていたからです。

医者の蛙　DOCTOR FROG

ある蛙が乳鉢や軟膏の皿を持ちながら、四方八方をうろついて言うのでした、「儂は医者で科学者だから、病を治せるぞ。」するとあらゆる動物たちがその蛙の周囲に集まり、そのとおりに蛙は彼らを治すことができました。ところが、一匹の狐がやって来て、その医者を見て尋ねました、「あんたは全身いぼや吹き出物で覆われているではないか。どうやって儂らを治すつもりなのかい？」

神と、神の被造物たち　GOD AND THE CREATURES OF GOD

世界を創造中に、神は御自ら創造された被造物たちが反抗することになりはしないかと怖れられました。それで神は重い者たちを軽い者たちと、また強い者たちを弱い者たちと混ぜ合わせることにしたのです。彼らが論争したくなった場合には、彼らは主に対してよりも、お互いに論争することになったのです。

この寓話は王さまたちに、大物と小物とを対抗させて、彼らがお互いに争い、彼らの主人に対して争うことのないようにする仕方を教えています。

フクロウと母ウズラ　THE OWL AND MOTHER QUAIL

あるフクロウが、母ウズラの児だくさんなのを見て、祝福し、神を賛えました。すると母ウズラが応えて言いました、「本心から神を賛えるのであれば、あんたは神により、あんた本人が祝福されるでしょう。」するとその瞬間に、フクロウは彼女の雛の一羽を捕らえて、奪い去ってしまいました。母ウズラは言うのでした、「見え見えだよ、あんたが神を賛えたのも貪欲からなのさ。」

この寓話は王さまたちのモラルを示しています。彼らが臣下たちの成功を喜ぶのも、それが自分たちのものだと確信しているからなのです。

鳩のおとなしさ　THE MEEKNESS OF THE PIGEON

ある男が鳩の巣から雛を持ち去りながら、鳩のおとなしさを賛えました。すると、鳩が応えて言うのでした、「あら、あなたは非情な人だわね。もしうちがおとなしさで知れ渡っているのなら、あなたが吸血鬼であることが許されたりするでしょうか？あなたの邪心は、あなたがうちを賛えるとき、うちには見えすいていたんですよ。」

カラスの賢い雛たち　THE CLEVER YOUNG OF THE CROW

カラスが雛たちを集めて言うのでした、「ねえ、おまえたち、いつも用心するんだよ。人びとが石を拾おうとかがむときにはとくに、用心をしなさい。」すると、雛たちは尋ねました、「もうすでにその人が石を前もって拾い上げていたときには、どうしたらよいの？」これに対して母さんカラスが答えるのでした、「今うちは確信できたわよ、お前らが死ぬことはあるまいと。」

トビと鷲　THE KITES AND THE EAGLES

トビのひな鳥たちが両親に尋ねるのでした、「鷲や鷹のように、生きた獲物をどうして運んで来てくれないの、どうして死肉を食わせたりするの？」すると両親は答えるのでした、「いいかい、神は儂らが王さまみたいに、生きているものを殺さないから、これほど長生きさせてくださるのさ、儂らは聖職者たちみたいに、死者たちで満足しているのだよ。」

狼と子羊　THE WOLF AND THE LAMB

ある狼が羊小屋に入り込み、気に入りの子羊を一匹捕らえました。その子羊は狼に哀願し、どうかお慈悲をお示しくださるようにと頼みました、「神はあなたの手にわたしの命運を委せられました。どうかわたしの命をお助けください。せめて最後のお願いをかなえてください。わたしのために歌ってください。わたしは仲間の子羊たちから、狼さんらが上手な歌い手だ、と聞いたことがあるのです。」すると、狼はこのばかげた言葉を信用したのです。それでじっとしたまま、あらん限り声を張り上げて吠え始めたのです。傍にいた犬たちが狼の吠え声で目覚めて、その狼を襲い、やっつけました。すんでのところを逃がれてから、その狼は丘の頂上に達しました。ほっとして、泣いたり、わが身を責めたりし始めました。「こんな目に遭うのも当然じゃ！儂はいつも畜殺屋で、しかも畜殺屋の息子だったじゃないか！　どうして今になって儂が歌い手かも知れぬなんて信じられたんだろう？」

クモ　THE SPIDER

生まれついて以来、クモは狩りをするためにクモの巣を織り続けてきました。でも、ときにはあまりに長く織り続けたために、病んで死ぬことがあります。クモの仕事の成果は、まさしく飛び去りなのです。

狼とロバ　THE WOLF AND THE DONKEY

ある狼が一頭の太ったロバを見つけて、食いたくなりました。ロバは言いました、「神がわたしの命運をあんたの手中に委ねた以上、おお狼さんよ、わたしを食ってくれたまえ！　でも、わたしの心の痛みをまず治しておくれ。爪がわたしの足に突き刺さって、痛むんです。」すると、狼がロバの背後に回って、爪を引き抜こうとしました。そのとき、ロバは狼のあごを蹴り上げて、砕いてしまいました。狼はひどいうめき声を上げて言うのでした、「こんな目に遭うのも当然じゃ。儂は畜殺屋に生まれついたんであって、儂は治療者なんかではないんだから。」

農夫とニンニク　THE PEASANT AND THE GARLIC

ハレンが解毒剤として知られたにんにくを作りました。ある農夫がこのことを聞いて、沢山のニンニクを食べました。すると、彼は気狂いになり、盲目になってしまいました。

不具になった獅子　THE DISABLED LION

ある獅子が片脚を骨折してしまい、動物たちにぐちりだしました、「あんたらは儂の手下だ、儂は百獣の王なんだから。なのに、どうして儂が立ち直るために犠牲を払おうとはしないのかい？」すると、動物たちが一斉に答えるのでした、「あんたは俺たちを熊や、狼や、ほかの捕食動物たちから守ってはくれなかった。しかも俺たちの命を容赦してもくれなかった。だから、あんたが不幸なことで、俺たちは神に生贄を捧げねばなるまいて。」

雄牛　THE OX

ある雄牛が犂《すき》のくびきの下から逃げ出して、農夫により、脱穀場に引きずりだされました。そこから脱出すると、その雄牛は荷車のながえの先端にくくりつけられました。その荷車から脱出すると、その雄牛はほかの多くの半ぱな仕事に使われて、とうとう、逃げ出せないことを悟るに至りました。こうして、その雄牛は自らを適応させて、このことを忘れてしまいました。

獅子と狐　THE LION AND THE FOX

ある雌獅子が子を産んだため、すべての動物たちがその雌獅子を祝福したり、その子への儀式に参加したりしようとして集まりました。儀式の間、狐がみんなの面前で獅子を大声でしかりつけ、こう言って怒らせたのです、「これがあんたの権限なんだ、これだけりが。一匹の子だけで、もうこれ以上は一匹たりとも駄目だぞ。」すると獅子は平然と応えて言うのでした、「さよう。儂は一匹の子を産ませた、でも、それは獅子であって、貴様のような狐なぞではないんだぞ。」

アラマズドと蛇　ARAMAZD AND SNAKE

アラマズドが息子の結婚を祝っていました。あらゆる動物たちがこの新婚夫婦のために贈り物を持ってやって来ました。蛇もやはり、バラのつぼみと緑の葉のついた素晴らしい枝を持ってやって来ました。ところが、アラマズドはその蛇を追い払って言うのでした、「お前の毒だらけの口から儂が何かを受け取るのは、賢明じゃない。」

ラクダと狼と狐　THE CAMEL, THE WOLF AND THE FOX

ラクダと狼と狐が歩き回っていて、一切れの小さなパンを見つけました。一同は言うのでした、「さて、どうしよう？　こんな小さな一切れのパンじゃ、みんなに十分ではない。」すると、狐が言いました、「この食べ物は俺たちのうちの一人分でしかない。俺たちのうちで最年長者にあげることにしようよ。」一同が賛成しました。すると狼は言うのでした、「俺はノアの箱舟に許された狼だ。」狐は言うのでした、「俺は神から作られ、アダムに差し出され、彼が俺を狐と呼んだ、あの狐なのだから、あんたは俺の孫の友なのだ。」すると、ラクダが首を伸ばして、例のパンを取り、そのパンを上に掲げてかみ砕きながら、言うのでした、「あんたらは小さい動物のくせに、そんな話し方をするつもりかい。俺の両脚を見たまえ。あんたらより若い者で、これほど長い脚を持ったためしはあるまい。」狼と狐はラクダの周りにぶら下がったのですが、どうしようもなくて、立ち去ったのでした。

獅子と狼と狐　THE LION, THE WOLF AND THE FOX

獅子と狼と狐がお互いに兄弟仁義をきってから、狩りに出掛けました。そして、雄羊、雌羊、子羊を一匹ずつ摑えました。狼をためそうとして、獅子が言いました、「獲物を山分けしよう。」すると、狼が答えて言いました、「おう、わが王よ、神が御自らそれを分割されています。雄羊はあなたさま用、雌羊はわたし用、そして子羊は狐用にです。」

するると、獅子は狼に対して腹を立て、あまりに激しく怒ったために、狼の目は飛び出てしまいました。狼はへなへなとしおれて、さめざめと泣き始めました。獅子がそのとき、狐に命じました、「これらの動物を儂らの間に分けろ。」すると、狐が応えて言うのでした、「おお、王よ、神が御自らそれらを分けてしまっておられます。小羊はあなたの朝食用、雌羊はあなたの昼食用、そして雄羊はあなたの夕食用にです。」これに対して、獅子が言いました、「まあ、何とずる賢い狐めだ、そんなにうまくそれらを分けるやり方を、いったい誰に教えられたのかい？」「狼の飛び出した目ですよ」

と狐は答えたのでした。

寡婦と僧侶　THE WIDOW AND THE PRIEST

ある僧侶が或る寡婦の雌牛を盗み、自分の牛小屋に綱でつなぎました。寡婦はそれに気づいて、僧侶に言いました、「まあお坊さま、もうわたしの臨終が近づいています。牛小屋に参りましょう、そうすれば、告解できますから。」ところが、その僧侶はまず、例の雌牛を奥の部屋に、それから、礼拝堂に連れ出し、さらにそこから、教会の中へと引っぱり込みました。すると、寡婦が僧侶に言うのでした、「お坊さま、最後に教会で告解したいのですが。」そこで、僧侶はその雌牛を祭壇のほうに移し、カーテンを降ろしました。教会に入るなり、寡婦はカーテンをまくり上げて、雌牛に言うのでした、「おやまあ、困った畜生ね、おまえをいつも雌牛とばかり思ってきたのに！誰がおまえを司祭に叙任したのかえ？」

ヒマワリ　THE SUNFLOWER

茎を持つ植物類の花は、太陽信仰していると咎められてきました。実を言うと、太陽に両手を伸ばしている花は、太陽に向かって「わたしは太陽信仰者じゃない」と誓ってきただけなのです。

熊と蟻　THE BEAR AND THE ANT

熊が蟻塚を壊しては、蟻を食べていました。一匹の蟻が何とかして熊を殺す方法をあれこれ考えました。そして、アブ、スズメバチ、蚊、ダニ、マルハナバチ、その他の昆虫類に助けを求めに行きました。彼らみんなの気づかいごとでもあった事情を蟻が説明した後で、彼らは熊の目や耳を刺し始めました。刺された熊は頭を岩に打ちつけました。すると、ただれが熊の体に吹き出し、うじ虫が湧き始めました。熊が激痛でうなり声を発している間にも、蟻たちは熊の開いた口に入り込み、そこをも刺しました。四方八方から攻められて、熊は何とか助かりたいと望み、川の中に飛び込みました。ところが、その川はあまりにも深かったために、熊は溺死してしまいました。

モラル　強者は弱者を無視するし、弱者を恐れません。でも、弱者だって賢ければ、団結して、強者を打ち負かすものなのです。

瀕死のラクダ　THE DYING CAMEL

ある狐が瀕死のラクダに出会い、その近くに陣取りました。らくだが狐に尋ねます、「何しにここへやって来たんだい?」すると狐が答えます、「あんたは間もなく死ぬだろう、そうしたら、あんたの肉を食べるんだ。」そこでらくだが狐に言うのでした、「なあ、間抜けの狐さん、おまえはそんなに長らく待てやしない。俺の首はひどく長いから、魂が肉体を去るのに手間がかかるんだ。」ところが、狐は応えて言うのでした、「狐の性分はたいそう我慢強いことなんだ。たとえあんたの断末魔の苦しみが四十日間続いても、俺は待ち続けるつもりさ。」

ヤツガシラ　THE HOOPOE

ヤツガシラは孝行心から、老いた父親の面倒をみてきたのですが、多くの父親はそのひどい悪臭のせいでヤツガシラをはねつけたのです。それで、ヤツガシラは芳香植物を見つけ出して、それを自分にふり掛けたのですが、それでも悪臭を消し去ることはできませんでした。

ハリネズミとテン　THE HEDGEHOG AND THE MARTEN

テンがハリネズミに向かって言うのでした、「どうかあんたの息子を儂の生徒にしてもらえないかい、そうしたら、儂らは友だちにもなれるだろうよ。」長らく言い合ってから、ハリネズミが息子をテンの生徒にするよう説得されると、テンは言うのでした、「あんたの息子にキスすることができぬ。どうかその針を抜き取って、息子さんに触れられるようにしてくれまいか。」母さんハリネズミは、騙されていることにも気づかないで、息子の針を抜き取ってから、息子をテンに差し出しました。すると、テンはたちどころにその幼いハリネズミを食べてしまいました。母親はどうすることもできずに、悲歎にくれて立ち去ったのでした。

砂糖大根とニンジン　THE BEET AND THE CARROT

砂糖大根がニンジンに尋ねました、「どうしてあんたはそんなに深く地中にもぐるのかい？」すると、ニンジンが答えます、「あんたの生意気には驚くよ。赤っぽくなったり白っぽくなったりして、あんたはずっと見せびらかしているじゃないか。」すると、砂糖大根が応えて言うのでした、「見せびらかすのもまずいが、あんたの内気さもまずいよ。」

フクロウと鷲　THE OWL AND THE EAGLE

フクロウが鷲の娘への求婚者として、代理者を送り、鷲に対して「あなたは日中の英雄だし、わたしは夜の英雄だ」との伝言を伝えるように頼みました。遠々と続いた説得の末に、両者は合意に達しました。婚姻の日がやってきたとき、新郎は何も見られなかったので、みんなはフクロウを嘲笑し始めました。ところが暗くなったとき、今度は新婦が何も見られませんでした。このとき、お客たちは鷲を嘲笑し始めました。とうとう、両方の結婚は失敗に帰したのでした。

鷹と鳩　THE FALCON AND THE PIGEON

鷹が鳩を追いかけたため、鳩が腹を立てて尋ねました、「わたしは神の贈り物ではないか？　どうしてそのわたしを痛めたりしようとするのです？」　すると鷹が応えて言うのでした、「神の贈り物は神の許に居させて、こんな所に飛ばさせたりするな。」そう言うなり、鷹は鳩を捕らえて食ってしまいました。

鷲　THE EAGLE

鳥たちがみんな鷲に頼んで言いました、「どうか分割払いだけで、税金を払うようにさせてください。いつでもあなたの好きなときにわたしたちを脅さないでくれませんか?」すると、鷲は鳥たちを脅さないことを約束し、長らく家来たちと平和に暮らしました。ところが鳥たちは鷲に対して反抗し始めたのです。そして、一緒に集まって、鷲の支配権を奪うことに決めたのです。スズメですら、傲慢になりだして、「儂は奴の目をえぐって、見えなくしてやる」と言いました。それぞれの鳥が自分のできることを自慢しました。彼らは鷲を襲うことすらおっ始めたのです。すると、鷲はもうこれ以上我慢できなくなって、彼らに飛びかかり、沢山の鳥たちを殺してしまいました。

鷹とヒバリ　FALCON AND THE LARK

ヒバリの雛が鷹の爪から脱走しました。鷹は言うのでした、「このヒバリの雛を食べられないのなら、神の生贄にでもなるがよい。」すると、ヒバリが応えて言いました、「もしもあんたが神に生贄を捧げるのなら、進んでそうすべきでしょう。」

土地測量技師の水牛　THE BUFFALO AS A LAND-SURVEYOR

水牛が土地測量技師になりたがりました。ところが、間もなく土地の測量に飽きてしまい、砂糖きび畑にやって来て、そこで寝そべりました。水牛の親方は彼が怠惰なのを叱りつけました。すると、水牛は応えて言うのでした、「陸地だけが測量されなくちゃならないの？　僕は今度は水も測量するつもりです。」

愚か者と医者　THE FOOL AND THE DOCTOR

ハレンがたまたま身体の健康の授業をしていて、言うのでした、「食べ物に気をつけている者は、われわれの職業のサーヴィスを必要とはしないだろう。」この言葉を聞いた男が、何かを食べたり飲んだりするのを中止してしまいました。結果、彼は重病になり、医者をののしり始めました。すると、医者は応えて言いました、「まあ、なんと愚か者よ！　おまえは知らないのかい、医者が自然の創造主ではなくて、自然の助手だってことを。わたしの言葉の意味も分からないで、どうしてそんな愚かな振る舞いをしたのかい？」

羊と狼　THE SHEEP AND THE WOLF

ある狼が丘の頂きに登り、その麓で牧草を食べている羊の群を眺めて、彼らに言いました、「ご無事で！」すると、指導役の雄羊が仲間に忠告するのでした、「皆のものよ、ご無事でと言われたとて、何としてもできる限り、命を守るのだぞ。」

泥棒　THE THIEF

ある泥棒が金持ちの家に押し入りました。金持ちは泥棒に気づいて、こん棒でなぐりつけようとしました。ところが、泥棒が金持ちをなぐりつけて、訊くのでした、「俺が働いているところを見て、なぜ『お助けください』と言わなかったのかい?」すると、金持ちは叫んだり、助けを求めたりし始めました。人びとが彼を助けて、泥棒を捕らえ、そして裁判にかけるために法廷に連れ出しました。裁判官が泥棒に対して、どんな善行で祝福されたがっているのかを尋ねると、泥棒が答えて言うには「たとえこれが金持ちには善行でなかったにしろ、たしかに儂には善行だったんだ。」でも、彼の答えは正当化されませんでしたから、その泥棒は絞首台送りとなりました。

熊と狐　THE BEAR AND THE FOX

獅子が病いにかかり、動物たちはこの患者を見舞いにかけつけました。ところが、狐が遅刻したため、熊が狐の悪口を言い始めました。仲間が熊の話を狐に告げました。狐が最後に現われたとき、獅子は言うのでした、「これがおまえが見舞うのに頃合の時間なのかい？　ひどい狐め、なぜこんなに遅れたんだ？」すると、狐は答えるのでした、「親愛なる王よ、わたしのことを立腹なさいますな。お名前にかけてお誓いしますが、わたしは大勢の医者を訪ねまわり、あなたさまの病気の救済策を発見したのです。」すると、獅子が言うのでした、「よろしい、賢い狐よ！　どんな救済策か、告げるがよい。」狐は応えて言うのでした、「王さま、あなたさまの救済策は手に入ります。医者たちが申しますには、生きた熊の毛皮を剥ぎ取り、まだ温いうちに、それをあなたさまの上に羽織るように、とのことです。そうすれば、たちどころにあなたさまは治ることでしょう。」獅子は熊を掴まえて皮を剥ぐように命じました。熊はうなり声をだし始めました。そのとき、狐は言うのでした、「これがあんたの当然の運命なのさ。ほかの中傷屋すべてにとっても教訓となるだろうよ。」

獅子と狐　THE LION AND THE FOX

獅子が狐を助手に連れ出しながら言うのでした、「よいか、儂の目が充血しているのに気づいたら、そう告げるのだぞ。これは儂が狩りの用意ができたという意味なのだ。」そのとおり、獅子は狩りをし、両方で戦利品を食べたのでした。ところが狐はずうずうしくなり、獅子の許を去りました。そして狼を助手にしながら、こう言ったのです、「俺の目が充血しているかどうか尋ねたら、『いっぱいに充血しています』と言うのだぞ。」狐はそれから、獅子より学んだとおりに尋ねました、「見たまえ。俺の目は充血しているかい？」すると、狼が答えるのでした、「はい、しっかりと、十分に充血しています。」

さて、狐が小道の傍に秘んで、鹿の通るのを待ちました。鹿が小道を駆けてやって来ました。そして、獅子から学んだとおりに、狐は鹿を襲いました。すると、鹿が狐を蹴りつけ、その額を砕いたため、狐は意識を失いました。そのとき、狼が狐に言うのでした、「起き上がってください、あなたの目は今本当にすごく充血していますよ。」

猿と漁師　THE MONKEY AND THE FISHERMAN

猿は人が為したことを繰り返すくせがしみついています。さて、猿は漁師が魚を捕らえるために川に網を投げ入れるのを見守りました。それから、漁師は夕食のためにその場を去りました。すると、猿は木から降りて来て、網を取り、男のようにそれを投げ入れようとしていて、網にからまってしまったのです。そこで、がっかりして猿は言うのでした、「この報いは当然だ。俺は働こうとしたんだが、どうしてよいのかさっぱり分からんわい。」

告解　CONFESSION

ある男が僧侶の許に赴き、「わたしは或る人をぶん殴りました」と告げました。すると僧侶は尋ねます、「こん棒で殴りつけたのですか、それとも剣で切りつけたのですか?」男が答えました、「剣でです。」すると、僧侶が尋ねます、「鈍い刃先でですか、鋭い刃先でですか?」「鋭い刃先でです」と男は答えます。すると再び僧侶が尋ねました、「その人を傷つけたのですか、それとも殺したのですか?」男は答えます、「殺しました。」すると、僧侶は言うのでした、「何と厚かましい。殺しておいてから、どうして殴打のことが言えるのかい?」殺人は殴打よりはるかに深刻なことです!

継母の祈り　THE PRAYER OF THE STEP-MOTHER

未亡人には一頭の雌牛がおり、そして彼の継息子には一頭のロバがいました。継息子は雌牛の草を盗んで、それを自分のロバに与えていました。これを見て、継母はロバが死ぬよう神に祈り始めました。ところが、ロバの代わりに、彼女の雌牛が死んでしまったのです。未亡人は泣き叫んだのでした、「ああ、悲しや、わたしの祈りは実現したが、正反対だった。おお、神さま、御身はロバと雌牛の区別ができではなかったのですか?」

狼と羊　THE WOLVES AND THE SHEEP

狼たちが羊の群に使者を遣わして言うのでした、「われわれの間の絶えることのない争いの原因は犬のせいだ。犬はわれわれをいらだたせ、お互いの敵意のもとになっている。犬を追っ払ってくれれば、もうきみらに悪事を働くことはすまい。」それで、羊たちは同意し、犬の保護を拒みました。ところがそれから、狼たちが無防備の羊の群に襲いかかかり、みな殺しにしてしまったのでした。

寡婦と息子　THE WIDOW AND HER SON

ある寡婦に十頭の山羊がいました。息子が毎日、山羊たちを連れ出して牧草を食わせました。この母親は山羊のミルクにひしゃく一杯分の水を混ぜて、隣人たちに売りました。そこで息子が尋ねます、「母さん、どうしてミルクに水を混ぜたりして罪悪を犯すの?」すると母親が答えるのでした、「ねえおまえ、うちらのミルクはごく僅かだ。こうするのは、冬期にも毎日稼げるだけのミルクを蓄えるためなのだよ。」

ところで、ある日のこと、息子が山羊たちを放牧に連れ出したとき、にわかに黒い雲がたちこめ、雨はどしゃ降りになりました。洪水で羊の群は押し流されてしまいました。息子が昼間に手ぶらで戻ると、母親が尋ねました、「山羊はどこにいるんだい?なぜこんなに早く帰ってきたのかい?」すると、息子は答えたのでした、「じつはね、母さんがミルクに加えたひしゃくの水分が積み重なって、洪水になってしまったんだ。そのせいで、山羊たちは流れ去ってしまったのさ。」

商人の祈り　THE PRAYER OF THE MERCHANT

ある商人が百ドラムをお恵みください、と神に祈っていました、「ランプ用の油を買って、十ドラムをお返ししますから。」さて、神の御意により、九十ドラムが見つかると、商人は言うのでした、「おお、神よ、創造主よ、予め十ドラムを差し引き、この十ドラム抜きで百ドラムを恵んでくださるとは、何という賢明なご配慮よ。」

雄の子牛と、雄牛　THE BULLCALVES AND THE OXEN

雄の子牛たちが雄牛たちを非難して言いました、「あんたたちが仕事や迫害から解放されたりすることはあり得まい。」ところが、あるとき王がやって来ると、雄の子牛たちは寄せ集められて、軍隊に食べさせるために屠殺されてしまったのです。それで、雄牛たちは言うのでした、「分かったかい、子牛たちよ。おまえたちがだらけたり、太らされたりしてきたのも、屠殺されるためだったことが。」

溺れたロバ　THE DROWNING DONKEY

ロバが川にはまり込み、驚いて水中で排便してしまいました。その糞が水面に浮かび、ただよいながら、ロバの先を流れて行きました。すると、ロバは叫んで言うのでした、「こら、役立たずめ、てめえは元は俺から出たんじゃないか？　どこで泳ぎ方を習ったのか、教えろ。」

信じやすい狼　THE TRUSTFUL WOLF

子守り女が幼児を脅して言いました、「泣きやまないと、狼にくれてやるわよ！」子守り女のこの言葉を聞いて、狼は夕方までじっと待ちました。きっと幼児がもらえるものと期待したからです。ところが、その幼児は眠ったため、狼は幼児を手に入れずにねぐらに戻りました。母さん狼から、どうして手ぶらで戻ったのかい、と尋ねられると、狼は答えて言うのでした、「ぼくは或る女の言葉を信用して騙されたんだ。」

モグラ　THE MOLE

モグラは習性により、いつも地面を掘ってきましたが、長らく同じ場所にとどまったことはありません。一説では、モグラはひどい悪臭を発するので、かび臭いにおいを逃れて、場所をつぎつぎと変え、地面に新しい穴を掘る、と言われてきました。ただし難点は、モグラそのものから悪臭が発散するということでした。

債務者のベッド　THE BED OF THE DEBTOR

華やかな都コンスタンティノープルに住んでいた或る族長は、いつも借金ばかりして、返金しませんでした。何ら心配することなく、ぐっすり眠るのでした。ところが、彼が亡くなったとき、その借金は莫大な額になっていたのです。この話を聞いて、シーザーは言ったのでした、「そのベッドを運んでこい。夢をよび起こすのだから、奇跡のベッドだ。それほど沢山借金をかかえていながら、どうしてその男が熟睡できたのか、知りたいものだ。」

狐とえさ　THE FOX AND THE BAIT

ある男がチーズの切れ端を道にまいているのに狐が気づいて、尋ねました、「どうしてそんなことをしているのです?」

男が答えるには、「儂の魂を救うためにやっとるのじゃ。」すると、狐は言うのでした、「それが本当なら、あなたの身に幸あれ。でも、それをわたしの毛皮のためにやっているのなら、あなたの魂が苦しまんことを。」

黄鹿と犬　THE FALLOW-DEER AND THE DOGS

黄鹿に母親が言いました、「おまえは身長でもスピードでも犬に勝っているし、長い枝角がおまえを保護している。なのに、どうしてそんなに犬たちが怖いのかい？」するとと黄鹿が答えて言うのでした、「ぼくは身長のことを熟知しているし、枝角をたいへん誇りにしている。だけど、犬たちの吠え声を聞くと、いろいろの思いがすぐこんがらかり、パニックを起こして駆け去るんだよ。」

オンドリたち　THE COCKS

二羽のオンドリが通りで互いに争い合い、一羽が勝ちました。そのオンドリは勝ち誇って高い屋根に舞い上がり、羽根を傲慢に突き出して、動き回ったり、凱歌をうたい始めました。ところが、ふと鷲が舞い降りて来て、そのオンドリをかっさらって行ってしまいました。

嫉妬深い人　THE ENVIOUS PERSON

さる国王は部下の軍人たちが内心お互いに嫉妬し合っているのを知っていました。それで、兵士のひとりに言ったのです、「欲しいものを何でも要求したまえ、それをそちに遣《つか》わそう。ただししかと心得おくのだぞ、同じものを二倍以上、そちの友人に遣《つか》わすということをな。」それでその兵士はもしも自身のために福利を要求すれば、ほかの兵士に二倍以上与えるだろうことを悟りました。だから、彼は言いました、「わたしの目を一つ取り除いてください。」こうして、彼の友人は両目を除去されたのでした。

豚と王　THE PIG AND THE KING

偉大で親切な王が素敵な一頭の豚を宮廷に運ばせて、これを賛美しようと思いました。その豚のために、王はたいそう高価な耳飾りと、白絹製の、金ぱくを張った、非常に高価なクロークを用意しました。そして、豚の鼻づらから耳飾りをつるしたり、肩の上にマントを投げ掛けたりしました。ところが、翌朝にはその豚は町のあたりをさまよいだし、貴重な耳飾りやマントをつけたままで泥の中を引きずったのでした。

プラトンと象　PLATO AND THE ELEPHANT

象がプラトンの弟子にするために息子を送り出しました。初めに、この哲学者は象に対して、教室でひざまずくことを教え始めました。でも、象にはそれができませんでした。そこで、プラトンはその象に対して、おじぎをするように命じました。ところが象はそれもできませんでした。そこで、プラトンは象を父親に返して言うのでした、「あなたの息子さんは王宮に居るのがふさわしい。ひざまずくことも、おじぎすることもできないのだから。」

山羊と狼　THE GOAT AND THE WOLF

むかし一頭の山羊が高い城壁の上で休んでいるところへ、一匹の狼がやって来て、その城壁の下で休息しました。その狼を見て、山羊は言うのでした、「ああ、城壁を降りて行って、狼の腹を角で引き裂けたらよいのになあ。」すると、狼が応えて言うのでした、「あら、あんたは想像だにできぬのだね、儂の目は山羊が儂の腹を引き裂きにやって来るのを、どれほど見たがっているかということを。」

オンドリと王　THE COCK AND THE KING

オンドリが毎朝時を告げるために宮廷に連れてこられました。そのオンドリを見て、王が言うのでした、「そちの欲しいものを何なりとくれてやろう。ただし、からだを清潔にしていなくちゃならぬぞ。」ところが、王はそのオンドリが泥の中を歩き回り、汚物を掘じくっていることに気づいたのです。それで王は言ったのでした、「間抜け目、きさまに身ぎれいにしておくよう命じておいたではないか？　それなのに、いつも泥だらけになり、宮廷を汚しよる。」すると、オンドリが応えて言うのでした、「習性になったことは、放棄するのが難しいのです。」

狼の子と手紙　THE WOLF-CUB AND THE LETTERS

むかし狼の子が捕らえられて、手紙を読まされました。〝S〟と言うように命じられると、狼の子は〝シープ〟（sheep「羊」）と言うのでした。また〝C〟と言うように命じられると、狼の子は〝チキン〟（chicken「鶏」）と言うのでした。〝G〟と言うように教えられると、狼の子は〝ゴート〟（goat「山羊」）と言うのでした。〝I〟と言うように命じられると、狼は続けられなくなり、こう返事するのでした、「ぼく（〝I〟）が遅刻すると、羊の群れが山を通り過ぎ、もう追いつけなくなってしまいます。」

ムクドリと僧侶　THE STARLING AND THE PRIEST

ムクドリが息子を学ばせるために、ある僧侶の許に送り出しました。ムクドリの子はぴゅうぴゅう鳴いたり、ちゅっちゅっ鳴いたりするのが好きでした。僧侶が礼拝や賛美歌の暗唱を教えると、鳥の心は憂うつになり、悲歎にくれました。それで、ムクドリの息子は意気揚々とあたりを飛び続けて、言うのでした、「父の技は歓びの源ですが、あなたのそれは悲しみの源です。」こうして、教育を拒み、帰郷してしまったのです。

けんか早いラクダ　THE PUGNACIOUS CAMEL

ラクダの持ち主がラクダを打ちつけると、ラクダは腹を立てて言いました、「いいですか、わたしが腹を立てているのが分かったなら、わたしを打ちつけないでください。さもないと、あなたを殺しますよ。」すると、ラクダの持ち主は言い返すのでした、「おまえの怒りの徴に気づいたらおまえを打ちつけないために、その徴を告げておくれ。」すると、ラクダが応えて言うのでした、「わたしの唇が空中を漂っており、わたしの両脚が音を立てないのに気づけば、わたしが腹を立てているという意味です。」ラクダの持ち主は応えて言うのでした、「でも、おまえが怒っていることをどうやって知れるのかい。おまえはいつもそういう状態なのだからな。」

海狸《ビーヴァー》　THE BEAVER

ある人びとが海狸を責めて言うのでした、「どうしてしきりに水中にもぐるのかい？」すると、海狸が答えて言いました、「それは、わたしが生きている間にあなたたちの或る人には、腺を取り出すだけで十分ではないからです。わたしが死んでから、わたしの毛皮をはぎ取ることまでするじゃないですか。」

この寓話は臣下の生存中ばかりか、死後でも苦しめ続ける、邪悪な持ち主に当てはまります。

コウノトリと小鳥たち　THE STORK AND LITTLE BIRDS

小鳥たちがコウノトリの巣の下で巣作りするのを許してくれるように頼みました。ところが、蛇がコウノトリの巣のわら伝いに降りて来て、雛を捕らえてしまいました。ところで、周知のとおり、コウノトリには、頭を後ろに向けたり、口ばしを背中に置いたり、がちゃがちゃ音を立てたりする習性があります。それで、小鳥たちはコウノトリが自分らのことを気の毒がっているのだ、と思い、言ったのでした、「わたしたちの助けにはならないけれど、あなたの同情にはたいそう感謝しますよ。」

モラル　王のうちには、国民を敵から守れない者もいます。しかも、これでは十分でないかのように、農民に重税を課しながら、自分では贅沢な暮らしをしています。

太陽　THE SUN

日の出には、自分が神だと思って、太陽は気高く感じました。ところが、日没には、太陽は水平線の下に沈み、自分の実体を悟ったのでした。

カニと狐　THE CRAB AND THE FOX

カニと狐が互いに兄弟仁義を結びました。一緒に種子まきをしたり、収穫したり、脱穀したり、小麦を積み上げたりしました。狐が言うのでした、「この積み荷の山の頂上まで登り、脱穀場にかけ降りることにしようよ。より早く走り、一番にそこに達した者に小麦全部を提供することを儂は提案したい。」さて、両方がその山の頂上に登ったとき、カニが言うのでした、「いつあんたを追って走り出すべきかを分かるように、あんたが走る決心をしたら、どうかあんたの尾でわたしを打ってくれないか。」そして、レースの始まりの合図として、狐がカニを尾で打ちつけると、カニはその尾に爪でしっかりとしがみついたのです。狐は小麦の山の上に到達したとき、カニがどこにいるかを見ようと振り返りました。そのとき、カニが積み荷の上に倒れ込んで言うのでした、「おかげさまで、わたしこそ小麦を手中に収むべき者だ。」すると、狐はびっくりして尋ねるのでした、「あれまあ、いったいいつそこに到達したんだい？」

蝶ちょう　BUTTERFLIES

蝶ちょうは空中を飛ぶとき、何の害も及ぼしません。ところが、地面に飛来するや否や、地面を破壊する幼虫を生みつけるのです。

オンドリと怠け者たち　THE COCK AND THE IDLERS

オンドリが数回ときを告げてから、言うのでした、「神命では、勤勉な人びとを目覚ますためには、一・二度のコケコッコーで十分とされている。儂がいく度もコケコッコーと鳴くのは、怠け者たちのためなのだ。連中はこれでも起き上がろうとしない。だから、儂はときを告げ続けているんだ。連中にその振る舞いを弁明する機会を残さないためにね。」

雌牛たち　THE COWS

むかし雌牛たちが人びとに反抗して言いました、「わたしらは子どものためにミルクを蓄える努力をしているのに、人びとはそれをわたしらの乳首から搾取し、わたしらの苦労の産物を取り上げている。もう人びとから立ち去り、戻らないことにしようよ。」すると、賢い雌牛が言うのでした、「あんたらは間違っているよ。人びとが手に入れているのは、わたしらの子どもが飲めない余りものなんだ。その代わりに、人びとはわたしらや、わたしらの子どもの面倒を見てくれている。ということは、わたしらが与えるものは、わたしらの得ているものより少ないということだ。」ことの次第を悟って、雌牛たちは嬉しくなったのでした。

カニとその幼な子たち　THE CLUB AND ITS NESTLINGS

カニは自分が曲がった歩き方をしながら、幼な子たちにはまっすぐに歩かせた、とのことです。ところが、子どもは母親が曲がった歩き方をするのを見て、それをまねるのでした。母親から、罰してやると脅されると、子どもは一斉に言うのでした、「母さんがやるとおりに歩いているんだよ。」

手綱を外れた馬　THE UNBRIDLED HORSE

ある馬が反抗するようになり、持ち主の手から逃げ出しました。手綱を外れてうろついていると、一頭の獅子に出くわしました。それでその馬が獅子から逃げ去ると、今度は熊に出くわしました。熊から逃げ去ると、狼に出くわし、それからまた、ほかの捕食動物たちに出くわしたのです。とうとう、むざんな死を避けるために、馬は持ち主の許に戻ったのでした。

気前よさ　GENEROSITY

伝説によりますと、ある男がむかしたいそう気前のよかったアレクサンダー王の許に赴いて、物乞いをしたそうです。アレクサンダー王はすると、美しいひとつの町をその男に与えました。すると領主たちが王に尋ねたのです、「どうしてあの男にそれほど気前よい贈り物をなさったのです？　あれにはそんな町は不相応です。」王は答えて言うのでした、「あれにあの町はふさわしくはないが、余は素敵な贈り物をすることにしているのじゃ。余は気前がよいものだからな。」

魚たちと王　THE FISH AND THEIR KING

魚たちは王から「なぜおまえらは自分より小さな魚を食べるんだ？」と叱られました。すると、魚たちは大胆にも応えて言うのでした、「王さまから学んだのです。魚たちがあなたの前にやって来てお辞儀すると、あなたはみな呑み込んでしまうじゃないですか。」その後、魚たちはもっと高慢になったのでした。

貧乏人と狼　THE POOR MAN AND THE WOLF

むかし、ある男がロバを見失って、ひどく悲しくなり、しきりに探しだしました。その男に出くわした狼が尋ねます、「何を探しているのです?」「ロバを見失ってしまい、見つからないんだ」と男が答えました。すると、狼が言うには、「あなたのロバを見つけましたよ。」男は狼に言いました、「俺を連れて行っておくれ、そうすれば、あんたの欲しいものを何でもくれてやる。」すると、狼が応えて言うのでした、「あなたのロバはぬかるみにはまり、三日以上も懸命に努力して、やっと引き上げることができました。それからロバを報酬として食いました。あなたは貧乏だし、とてもわたしに謝礼したりはできぬことを知っていましたからね。」

甘い実のなる木と愚か者　THE TREE OF SWEET FRUITS AND THE STUPID MAN

ある愚か者が、甘い実がなるのにその実が苦いと思って、切り倒してしまいました。するとその木が怒って言うのでした、「罰あたりめ、木は見た目じゃなく、その実で判断すべきなのだぞ。」

鍛冶屋と大工　THE BLACKSMITH AND THE CARPENTER

アレクサンダー王のために宮殿が建設されつつありました。王は大工に対してよりも、鍛冶屋のほうを大事にしました。それで、大工や耕作人は鍛冶屋を嫉んだのです。ひとりは儂が家を建てたんだ、と言い、もうひとりは儂が穀物を育てたんだ、と言うのでした。王はこのことを知り、本人も知恵がありましたから、賢者たちを招いて、誰を一番大切にすべきかという問題の解決策を見いだすことにしたのです。すると彼らはこの問題の解決策を見つけて、言うのでした、「最初の耕作人はアダムだったと言われています。でも、鍛冶屋は大工、耕作人、自身のために道具を作っているのですから、アダム以前に存在していたのです。それゆえ、鍛冶屋を一番大切にする必要があります。」それから、大工も耕作人も鍛冶屋を嫉むでない、と命じられたのでした。

婚礼に招かれたロバ　THE DONKEY WAS INVITED TO THE WEDDING

ロバが名誉なことに、王子の婚礼に招かれました。そしてロバは言うのでした、「わたくしは歌手でも職業《プロ》の踊り手でもありません。ですから、情けないことに、自分でも承知しているのです、わたくしが招かれたのは婚礼のために重い俵とか水を運搬するためなのだということは。」

鍛冶屋と銅細工師　THE BLACKSMITH AND THE COPPERSMITH

銅細工師と鍛冶屋が譏り合いになりました。ある日、お互いに自分の職の自慢をやりだしたのです。けんかになり、解決してもらおうと、二人は法廷に出頭し、賢者たちに訴えました。すると、賢者たちは鍛冶屋の職がより名誉に値いすると見なして、言うのでした、「みんなに役立つ仕事が名誉を受ける値打ちがあるのだよ。」

ヽヽヽ
モラル　みんなに役立つ仕事が、肉体労働でも精神労働でももっとも名誉に値いするものなのです。

ノミと王子　THE FLEA AND THE PRINCE

王子がノミのせいでたいそう苦しみ、なんとかしてそれを捕らえようと試みました。すると、ノミが言いました、「どうか、殺さないでください。ほとんど損害を与えてはこなかったのですから。」でも、王子は応えて言うのでした、「おまえができることは何でもやったじゃないか。」

スイカと世間知らずな男　THE WATERMELON AND THE NAÏVE MAN

世間知らずな男が温室に入り込み、スイカを食べようとしました。するとスイカが驚いて言うのでした、「いったいどうしようというのです？　わたしが卵なのを知らないの？　わたしは象の卵ですよ。わたしを家に連れ帰り、大事にしてくれれば、千ダヘカンの値打ちのある象の子が生まれます。」すると、その男はたいそう幸せな気分になり、スイカを家に持ち帰って、熟するまで保存したのです。こうして、そのスイカは入刀を回避したのでした。

魚なのか、猫なのか　A FISH OR A CAT

ある男が一リットル分の魚を買い、帰宅してから、再び外出しました。すると、妻がそれを料理し、愛人にごちそうしました。夫が夕方に帰宅して、言いました、「さあ、魚を食べよう。」すると、妻が応えて言うのでした、「猫が食ってしまったわよ。」そこで夫は猫を摑え、目方を測り始めました。猫は一リットル分の目方がありました。そのとき、夫は尋ねて言うのでした、「これが魚なら、猫はいったいどこなんだ。これが猫なら、魚はどこなんだい?」

ならず者と僧侶　THE BANDIT AND THE PRIEST

ならず者が僧侶を摑えて、殺そうとしました。ところが、僧侶の心が奮起し、そのならず者を打ちのめしてしまったのです。すると、ならず者は謝り、言うのでした、「あなたは僧侶ですし、いつもみんなに『平安あれ』と繰り返しているじゃありませんか？」それに対して、僧侶が答えて言いました、「ならず者めが。おまえを打ちつけたのは、平安を保つためなんだ。」

狐とヤマウズラ　THE FOX AND THE PARTRIDGE

狐がヤマウズラを一羽摑えて、口で締め付け、食べようとしました。するとヤマウズラが言いました、「神さまがわたしを王国にお呼びです。だから、わたしは有難いことに、世間の苦労を逃がれつつあるのです。狐さん、どうかわたしを食べる前に、善行のためにも神に感謝の言葉を表明してくださいな。」そこで、狐は落ちつき、口を開けたまま、空を眺めて言うのでした、「神さま、有難うございます。ご親切にも、わたしのために立派なごちそうを用意してくださって。」すると、ヤマウズラは狐の口から飛び出し、逃げ去りました。そこで狐は言うのでした、「ああ、なんて俺は愚か者よ。まず最初に食ってしまい、その後で神に感謝すべきだったんだ。」

ラバ　THE MULE

ラバがロバの子であるため体面を傷つけられたとき、馬が母なのを誇りに思っている、と応えました。でも、このラバはけんかに負けました。父方のほうが、母方よりも重要だからです。

ラクダの子と子馬　THE CAMEL'S YOUNG AND THE FOAL

ラクダの子と子馬とが両親に向かって叫んで言うのでした、「ああ、嘆かわしい。豚が嫉ましい。ぼくたちが追い出されている間、豚は大麦を沢山与えられるんだもん。」すると、彼らの両親が応えて言うのでした、「ちょっと待ちなさい、すぐに豚が可哀想になるよ。」そして冬が近づくと、人びとは豚を屠殺しだしたのです。ラクダの子と子馬は恐ろしい悲鳴を聞き、恐くなって、両親に尋ねるのでした、「どうしてあんなに鋭い悲鳴を上げているの？」すると、それぞれの両親は彼らを連れ出して、死んだ豚を見せました。それから、豚のひづめを持ち上げて言うのでした、「見ろよ！ひづめに大麦の粒がくっついているかい？　一粒でもついていたら、持ち帰ってよいぞ。」

月　THE MOON

満月になると、月は自分は太陽だから、日中でも照らせるんだ、と自慢します。ところが、新月になると、月は夜でも照らせません。

大胆な軍人　THE BRAVE SOLDIER

両足が不自由な軍人が軍隊に入った。軍隊のひとりが彼を見て、言うのでした、「この野郎、どこへ行くつもりだい？　おまえは走れないのだから、すぐに殺されるのが分からないのか？」すると、賢いその軍人は答えて言いました、「わたしが軍隊に入るのは、走り去るためじゃなくて、戦って勝つためなのです。」

哲人と宴会　THE PHILOSOPHER AT THE BANQUET

ある哲人が王の宴会に招かれました。彼が客人たちと着席して、酒つぎ役がワインを彼に注ぎました。すると、哲人は立ち上がって言うのでした、「おお、王さま。わたしはご栄光を祝して乾杯させていただきます。」そう言うなり、彼は床にワインを注いだのです。貴族たちは笑いながら、尋ねました、「哲人どの。あなたは気でも狂ったのかね？」するど、哲人は答えて言うのでした、「あなたたちこそ笑われるべきですぞ。わたしはワインを床に注いだのだが、もしワインを飲んだりしたら、わたしが床に打ち倒されてしまうでしょう。」

野ブタと狐　THE WILD BOAR AND THE FOX

野ブタが懸命にきばを研いでいました。そこへ狐がやって来て訊きました、「何を怖がっているんだい？　戦争の危険なぞないではないか？」すると、野ブタが答えて言うのでした、「役立たずの狐め、だまれ。おまえには戦争のことを何も分かっちゃいない。戦争がおっ始まると、誰が武器を研ぐ暇を見つけられよう？　武器はあんたが自由な平時にこそ研いでおくべきなんだぞ。」

勇敢な老戦士　THE OLD BRAVE WARRIOR

ひとりの勇敢だが老いた戦士が、ほかの王国の別の戦士と勇者らしく競うよう王から命令を受けました。年齢を隠すために、彼は毛髪とひげを染めました。でも、体力で打ち勝つことはできずに、彼は決闘に敗れたのでした。

猫とハツカネズミたち　THE CAT AND THE MICE

ハツカネズミたちが猫に使者を送って問い合せたのです、「あなたはずっとわたしたちを追いかけていますが、いったいわたしたちが何をしたというのです？　わたしたちがあなたの分け前の何を食べたというのです？」ところが猫は答えて言うのでした、「人びとが納屋を守るために、われわれを飼っているのを知らないのかい？　おまえらが彼らの納屋から盗まなければ、おまえらは落ち着いておれるよ。おまえらを追いかけて傷つけたりはしないからな。」そして、猫は手を頭上に置いて、約束を守ると誓いました。

合意に達して、ハツカネズミたちは床にこぼれ落ちた穀物を、猫を恐れることなく、集めにかかりました。ところが、猫はハツカネズミたちに飛びかかり、そのほとんどを殺してしまいました。それでハツカネズミたちは尋ねるのでした、「われわれが床に落ちた穀物を集めても、われわれを摑えたりはしない、とあなたは頭上に手を置いて誓ったじゃないですか？」ところが、猫は答えて言うのでした、「わたしが頭上に手を置いたのは、誓うためじゃなくて、習癖のせいなんだよ。」

老いぼれロバ　THE OLD DONKEY

一群のロバが王の用事で旅に出発しました。そのうちには賢いロバが一頭おり、ほかのロバたちがたいそう尊敬していました。山の斜面を通り過ぎる間、その賢いロバはけたたましく長い鳴き声を上げて、後ろからばりばりと物音を立てるのでした。ほかのロバたちが尋ねます、「ねえ、尊父さんよ、あんたの前から出る音は慣れているけど、あんたの後ろから出る音はいったい何なのかね。どうか教えてくれないか。」すると答えて言うには、「みんな、いいかい、これは嘘じゃないんだ。儂の前から出る音があまりに大きくて、儂の後ろから出る音が何なのかは言えないんだよ。」

雄ヒツジ　THE RAM

雄ヒツジが一本の木の幹に何度も角を突き立てて、角を折ってしまいました。それから雄ヒツジがそのことでその木を責め始めました。すると、その木は応えて言うのでした、「責められるべきはあんたなのに、なぜわたしを責めたりするんだい？」

カメと軍馬　THE TORTOISE AND THE STEED

カメが軍馬に競走を挑みました。レースの日取りが決まりました。軍馬はパーティや祝宴で楽しんだのですが、カメのほうは試合に没頭して、練習を繰り返し、スピードを上げました。さて、レース開始のときになり、観衆が集まっていました。カメと軍馬がスタートラインにやって来ます。レース開始の合図がなされました。軍馬は長い休息を取っていたため、踏み出すことさえできませんでしたが、カメは素早くアリーナを一周し、勝者になったのでした。

羊たちと山羊たち　THE SHEEP AND THE GOATS

羊と山羊の群れが牧草地に出かけました。歩いているうち、羊たちは列を乱しました。山羊たちは羊たちを責め始めて言うのでした、「きみらはどうして、俺たちのようにしとやかに歩かないのかい?」ところで山羊たちが羊たちを責めたのは、自分らがしとやかだったからではなく、嫉んだからなのでした。

キャベツ　THE CABBAGE

キャベツは胃痛の薬として知られていました。「わたしを生のまま食べれば、みんなの腸に下痢をさせるが、ゆでて食べれば、便秘を起こしてやろう。」ほかの嘘も広げたのです。ある人がその言葉を信じて、キャベツを食べ、それで利益を得ようと望みました。ところが腸が痛みだし、そのため、キャベツを非難しだし、詐欺師め、嘘つきめ、とキャベツを呼んだのです。すると、キャベツは応えて言うのでした、「わたしは何としてもあんたの腸に入り込むことが大事なんだよ。でも、悪用されたために、わたしがそこから出ようが出まいが、そんなことはわたしにはどうでもよいのだ。」

訳者あとがき

ムヒタル・ゴッシュ（一二一三年没）は十二世紀末から十三世紀初頭に活躍した、アルメニアの知的な大物のひとりである。『アルメニア法典』、『寓話集』のほか、祈祷書、説教集、神学書、短い年代記を著した。教会博士（ヴァルダペト）の称号を得た。当時のほとんどのアルメニア王子の親友・相談役として仕えたほか、彼が教えた学生たちは、十三世紀アルメニアの傑出した神学者・歴史家になった。彼の寓話集からは、その世界観がにじみ出ている。それはまた、『アルメニア法典』に表れた考え方の大衆版ともなっている。動植物、鳥類、魚類、昆虫類に仮託しながら、ゴッシュは当時の世間を描写しているのである。弱者や貧者には、金持ちや強者に服従するようと忠告することにより、彼はモスレム支配下でのアルメニアのキリスト教徒の生き方を教えようとしている。『寓話集』の主眼は、人の本性が変えられぬこと、そんなことを試みれば、あざけりばかりか、災いを招くということにある。ゴッシュの理想は、召使いが主人に、主人が王に服従することにあり、しかも王は臣下の幸福を真剣に願う、敬虔なキリスト教徒なのである。（R. Bedrosian, "Mkhitar Gosh and His Era", *The*

Fables of Mkhitar Gosh, Ashod Press, N.Y., 1987.）

ヴァルダン・アイゲクツィ（一二五〇年没）はヴァルダン近くのシリアの村マラタに生まれた。そこを追放されて、アイゲク僧院に赴いた。演説集、訓戒集を書き、これらをより印象深くするために、寓話を書き足すようになり、徐々に寓話作家となっていった。彼の遺産は十七世紀になっても追随者たちによりだんだんと富化されて、最終的に出来上がった『ヴァルダン寓話集』は約五百編もの寓話を含んでいる。通常、『狐の本』（一二〇五年）として知られている彼の寓話集は、一部分のみが彼の筆になったものであり、多くは他人の手になったものとされている。アムステルダムで一六六八年に出版された。（一部は合唱曲としてCD化もなされている。）

本訳書は一九五二年にポヴセプ・オルベリにより中世アルメニア語から露訳されたもの（抄訳）の英訳からの、重々訳である。そのため、かなりニュアンスが原文から逸れているかも知れないことをお断りする。とにかく、天下の稀書なことに変わりはないので、少しでも紹介の一助になれば訳者としては本望である。

二〇一一年一月八日　行徳にて

谷口　伊兵衛

（付記）

最新刊のユリヤ・シェラリエーヴァ（拙訳）『巴比倫之塔是氷山《バベルのとうこれひょうざん》』（而立書房、二〇一二）には、アルメニアおよびアルメニア語についてかなり詳しい言及があり、どうやらこの著者（一九八二年生まれ）はアルメニア系らしい。シンクロニシティの奇縁を痛感させられた。

訳者紹介

谷口伊兵衛（たにぐち　いへえ）

1936 年　福井県生まれ。元立正大学教授。

現在翻訳家。

L・デ・クレシェンツォ『神話世界の女性群像』（明窓出版，2012），

『現代版「ラーマーヤナ」物語』（而立書房，2012）ほか。

約 100 冊の翻訳書がある。

中世アルメニア寓話集

平成 24 年 6 月 1 日　発　行

著　者　ムヒタル・ゴッシュ／ヴァルダン・アイゲクツィ

訳　者　谷口 伊兵衛

発行所　㈱溪水社

広島市中区小町 1 － 4（〒 730-0041）

電話（082）246-7876 ／ FAX（082）246-7876

E-mail : info@keisui.co.jp

ISBN978-4-86327-184-5　C0098